진화 신화

김보영 소설

진화신화

에디토리얼   김홍림 그림

차 례

◑

진화 신화 7

『삼국사기』 「고구려본기」 제6대 태조대왕 실록 중에서

7년 여름 4월,
왕이 고안연못에 가서 낚시를 하다가
붉은 날개를 단 하얀 물고기를 낚았다.

25년 겨울 10월,
부여의 사신이 와서
뿔이 셋 달린 사슴과 꼬리가 긴 토끼를 바쳤다.

53년 봄 정월,
부여 사신이 와서 호랑이를 바쳤는데,
길이가 1장 2척이며,
털빛깔은 환하고, 꼬리가 없었다.

55년 가을 9월,
왕이 질산 남쪽에서 사냥하다가
자줏빛 노루를 잡았다.

겨울 10월,
동해곡 수령이 붉은 표범을 바쳤다.
그 표범의 꼬리가 아홉 척이었다.

◐

　나라에 오랫동안 가뭄이 들자 나뭇잎은 가시처럼 가늘게 쪼그라들었고 줄기는 조금이라도 더 물을 많이 저장하려 뚱뚱하게 배가 불렀다. 말의 등에는 지방이 뭉쳐 혹이 돋았고 다람쥐는 나무 대신 시원한 흙 속에 집을 지었다. 개들도 더위를 견디지 못하여 털이 뭉텅이로 빠졌다. 사람들이 벼 대신 감자와 옥수수를 심느라 가을에도 들판은 황금색이 아니라 마른 녹색이었다.

　나는 가뭄이 들면 늘 걱정이었다. 가뭄이 들 때마다 피바람이 몰아치기 때문이다. 왕은 가뭄의 이유를 누구에게든 가져다 붙였다. 관官이 부정을 저질렀다, 사무師巫*가 제를 게을리하였다, 병兵이 경계를 게을리하였다, 궁 안에 흐르는 피가 문지방을 넘고 뜰을 적실 지경이라 온갖 흉흉한

　❖ 천기와 일기를 점치며 왕을 수행하던 사람.

소문이 난무했다. 왕은 잘 때는 사람을 베고 자고 앉을 때는 사람을 깔고 앉는데, 움직이기만 하면 칼로 베어 죽인다고들 하던가. 사람들은 그를 태조대왕의 다음 왕이라는 뜻으로 그저 차대왕次大 王이라고만 부른다. 왕은 선왕께서 노환으로 자리에 누운 뒤 전권을 위임받아 대리정치를 하였는데, '예부러 형이 늙으면 아우가 왕위를 받는 것이 법도'라 하며 난을 획책하였다. 선왕은 싸울 힘이 없었고, 또한 피를 원치 않는 어진 왕이었던지라, 조용히 왕위를 물리고 별궁에 은거하게 되었다.

새 왕이 등극한 이후로 나는 방에 틀어박혀 나가지 않았다. 어두운 밤에나 박쥐처럼 처소를 빠져나와 사람들의 눈에 띄지 않게 돌아다니다가 새벽이 되기 전에 들어오곤 했다. 내 피부는 밤 색깔에 맞추어 검푸르게 변했고 눈은 언제부터인가 노랗게 빛났다. 의사는 망막에 변형이 와서 그

뒤쪽에 빛을 반사하는 층이 생겨난 탓이라며, 망막층의 발달은 야행夜行하는 사람에게 흔히 일어나는 현상이니 너무 걱정하지 말라고 했다. 내 동공이 커지고 낮이면 고양이처럼 가늘게 줄어드는 것도 민감해진 눈이 망막에 들어오는 빛의 양을 조절하는 것이라 했다. 내가 후대에 대물림될까 걱정하자, 의사는 용불용用不用의 법칙은 흔히 한 세대에만 적용되는 것이며, 후천적으로 얻은 형질이 유전된다는 증거는 없다며 위로했다.

나는 어느 무더운 밤 몰래 방을 빠져나와 제단으로 향했다. 사무들이 몇 주째 불을 피우며 기우제를 지내고 있었다. 그중 한 사무가 어둠 속에 숨은 나를 알아보고는 황급히 달려와 인사했다. 나와 동년배라 어릴 적부터 친하게 지내던 사이였다. 아직 궁에서 허리가 굽지 않은 유일한 사람이기도 했다. 신하들이 국왕 앞에서 허리를 들지 못하는 날이 계속되는 바람에, 그들의 허리는 꼽추처럼 휘고 얼굴은 땅을 향했다.

"야심하온데 어인 일로 납시었습니까, 태자 전하."

내가 사람들의 눈에 띄지 않으려 애쓰는 까닭은 이리해서다. 이미 태자의 지위는 사촌 동생에게 넘어갔건만, 많은 사람들이 오랜 버릇대로 나를 태자라 불렀다. 그들이 실수할 때마다 수명이 몇 년씩은 줄어드는 기분이었다.

"기우제가 어찌 되어 가는지 궁금하여 들러보았소."

사무가 주위를 둘러보다가 속삭였다.

"백성의 마음이 메마르니 어찌 하늘 또한 마르지 않겠습니까. 백성이 고달프면 하늘이라도 선심을 쓰셔야 할 터인데 자연의 이치가 그렇지 않습니다."

"선왕께서는 곧잘 비를 부르곤 하셨던 것으로 기억하오."

"전하께서도 아시다시피, 비가 오려면 기압의 변화가 필요합니다. 신령스러운 기운이 하늘로 솟구쳐 올라가면 공기 중에 포함된 수증기가 응결해 물이 되어 떨어져 내리지요. 거대한 두 개의 기운이 하늘에 포진하고 서로 맞붙어 싸울 때에도 비가 옵니다. 큰 생물이 바람의 길을 막아 공기가 그 몸뚱이를 타고 올라갈 때에도 비가 오지요. 이처럼 비는 대기에 큰 움직임이 있을 때 오는 것입니다."

"거인족이 움직일 때처럼 말인가."

"거인족은 음식을 많이 취하고 몸집이 거대하여 그 영역이 넓고 수가 많지 않습니다. 선왕께서는 태백산에 사는 거인과 친하시어 그분을 통해 비를 부르곤 하셨습니다만, 반고盤古께서는 거동을 멈추신 지 오래입니다. 그분의 몸은 이미 흙과 나무에 뒤덮여 바윗덩이와 구분할 수 없다고 들었습니다. 다른 거인들도 같은 최후를 맞고 있어 그 모습을 찾을 길이 없다고 합니다."

학자들은 생물의 분화 법칙을 분석해내려면 현존하는 계통분류학자와 발생학자가 모두 모여 한 세대쯤은 연구해야 한다고 말한다. 그리 해도 한 세대가 지나면 또 종의 체계는 모두 뒤바뀔 터이니 무익한 연구가 되리라 한다. 많은 생물학자들이 "종의 분화에는 그 어떤 규칙도 없다"고 선언해버리고 이불을 뒤집어쓰고 잠자리에 들곤 한다. 그러나 어떤 경향성만은 분명히 존재한다. 선사시대에 살았던 거인들은 대개 호흡과 움직임을 포함한 모든 생명 활동을 멈추고 산이나 강, 호수가 되는 길을 택했다. 천지天池에 살던 거대한 도마뱀들은 대개 위용을 버리고 손가락만 한 크

기로 줄어들었다.

"거인족이 다시 생겨날 조짐은 없소?"

"자연이 정하는 진화의 방향을 어찌 제 무지한 머리로 헤아리리까. 하지만 큰 짐승은 이제는 쉬이 나타나지 않을 듯합니다. 이젠 인간뿐 아니라 조그만 짐승도 큰 짐승을 사냥하니까요. 도마뱀들이 작아진 까닭도 거대한 몸집을 유지하느니 집단행동을 하는 것이 효과적이기 때문입니다."

"달리 비를 부를 방법이 없는가."

"지금은 기도하는 수밖에요. 인간의 염원이 비록 비과학적이기는 하지만 아주 효과가 없지도 않으니까요."

그는 돌아가려는 내게 덧붙였다.

"그믐에 해가 달을 삼키는 것을 보았습니다. 상서롭지 않은 징조이니 주의하소서."

그가 자리로 돌아가는 모습을 보며 나는 말뜻

을 생각해보았다. 기괴한 말이다. 그믐에 무슨 달이 있어 월식이 일어난단 말인가. 그리고 월식은 지구의 그림자가 달을 가리는 것이지 해가 가리는 것이 아니다. 해가 달을 가린다면 밤이 낮처럼 밝기라도 할까.

아니, 아니다. 나는 밤하늘을 올려다보며 생각했다. 그믐이라도 달은 하늘에 걸려 있다. 단지 숨어 있어 보이지 않을 뿐이다. 이미 보이지도 않는 달을 해가 굳이 삼켜 가릴 이유가 무엇인가. 허황한 일이 아니라 잔인한 일이 아닌가. 해는 만고의 어버이요, 만백성의 어버이는 왕이니, 잔인한 해는 잔혹한 왕이라, 보이지 않는 달은 그 지위를 잃은 왕자일 것이다.

나는 깊은 한숨을 쉬었다. 대비할 방법도 없었지만 대비할 마음조차 들지 않았다. 아버지가 왕좌에 앉아 계셨을 때에도 이미 숙부는 모든 권력

을 손에 쥐고 있었다. 비렁뱅이들도 등 비빌 곳이
있고 두 발 쉴 곳이 있지만 내겐 천하에 기댈 곳
하나 없으니 어디로 간들 목숨을 부지할 수 있겠
는가.

나는 어둠 속을 기어 방으로 돌아왔다. 나는 근
래 두 발로 걸을 때보다 나무를 타 넘거나 땅을 기
는 경우가 많았다. 사람들의 눈에 띄지 않기 위해
발소리만 들려도 몸을 숙여 기곤 했기 때문이다.
내 손바닥에는 언제부터인가 발바닥처럼 단단한
굳은살이 박였다.

예부터 이르기를 개체발생은 계통발생을 반복
한다. 우리 몸의 세포는 매순간 계속 태어나고 죽
어 간다. 혈관에서 피는 계속 만들어지고 사라지
며, 오래된 세포는 죽고 그 자리를 새로운 세포가
메워 간다. 그러다 보면 이전에 자신의 몸을 구성
하던 세포는 결국 하나도 남지 않는다. 그건 사람

이 정신뿐만 아니라 육체적으로도 완전히 다른 생물이 된다는 뜻이다. 생물은 누구나 원하든 원하지 않든 살아가는 도중에도 몇 번씩 죽고 다시 태어난다.

돌아가신 어머니는 인간다움을 지키려 끊임없이 노력하지 않는 인간이 얼마나 추한 모습으로 죽어 가는지 누누이 강조하셨다. 인간의 형상으로 죽는 사람은 극소수에 불과하다. 많은 사람들이 짐승이나 벌레의 형상으로 생을 마감한다. 백성이 주는 녹을 방바닥에서 편하게 받아먹으며 사는 귀족들은 일찌감치 인간의 형상을 잃어버린다. 얼마나 많은 귀족이 짧은 다리와 짧은 꼬리를, 뚱뚱하고 발그스름한 배와 툭 튀어나온 볼을 갖고 있는가.

어머니는 내가 어릴 적부터 늘 한 나무꾼 이야기를 들려주곤 하셨다. 그는 우연히 호숫가에서 만난 한 날개인종과 결혼하였으나, 아내가 하늘로 날아간 후로는 지붕에 올라가 먹지도 자지도 않고 울었다. 그의 몸은 조그맣게 줄어들었고 다리는 젓가락처럼 가늘어졌으며 발바닥이 안으로 굽고 횃대를 잡을 수 있는 발톱이 생겨났다. 손가락은 퇴화해 사라졌고 몸에는 흰 깃털이 돋았다. 머리에는 붉은 벼슬이 돋았고 목에서는 인간의 말 대신 구슬픈 새 소리가 났다. 그의 염원은 자신의 모습을 한 마리 수탉으로 변화시켰지만, 그는 결코 날 수 없었고 아내가 있는 곳으로 날아갈 수도 없었다. 만약 그의 의지와 염원이 좀 더 올바른 방향으로 진행되었다면 하늘을 나는 날개를 가질 수도 있었겠지만, 이미 그의 뇌는 지성을 잃었고 더 이상 진화의 방향을 결정할 수 없었다.

연인을 멀리 떠나보낸 사람들은 새나 말이 되기보다는 풀꽃이나 망부석이 되어버린다. 생물이 자신이 원하는 것과 완전히 반대되는 형상으로 변하는 경향성이 있음은 또한 흥미로운 일이다. 해바라기가 해를 따라다닌다는 믿음이 환상임을 아는가. 그들은 해를 동경하여 거대한 꽃을 만들었으나 꽃의 무게를 견디지 못하고 땅으로 고개를 숙이고 만다. 아마 나 역시 그러하리라. 내가 날개를 달고 어딘가로 멀리 도망쳐버리기를 기원하므로, 나는 배를 땅에 붙이고 기어 다니는 무거운 몸뚱이를 갖고 죽어 갈 것이다.

비는 내리지 않고 봄에 때늦은 한파가 몰아쳤다. 새들이 얼어서 뚝뚝 떨어졌고 살아남은 새들의 몸에는 두꺼운 털이 돋았다. 추위가 계속되자 몸이 무거워져서 날 수 없게 된 새들이 땅 위를 뒤뚱거리며 걸어 다녔다. 어떤 새들은 물속으로 뛰어들었다. 물속은 그나마 따듯했기 때문이었다.

나뭇잎이 가시처럼 변해 못 먹을 것이 되자 짐승도 사람도 굶주리기 시작했다. 백성들은 산으로 숨어들었고 짐승처럼 몸에 길고 굵은 털이 돋았다. 간혹 사람들이 사냥을 하다 곰을 잡으면 곰이 짐승의 소리 대신 사람의 울음소리를 낸다고도 한다.

　내가 자객의 침입을 받은 것은 마당에 서리가 내린 봄날이었다. 나는 방 안에 앉아 멀리서부터 나무 뒤에 숨고 뜰담 뒤에 숨으며 별궁으로 접근해 오는 사람들을 무심히 지켜보았다. 그들이 눈에 띄지 않으려 이리 숨고 저리 숨으며 조심스럽게 움직이는 모습은, 보는 사람 입장에서는 기다리기가 지루할 지경이었다. 자객들보다 내관이 먼저 들어와 내 앞에 엎드렸다.

　"전하, 왕의 자객들이 처소로 밀려들고 있습니다. 속히 피하소서."

"천하가 숙부의 것인데 어디로 피하란 말이냐"

내가 책장을 넘기며 담담히 말하자 내관은 어째서인지 울기 시작했다. 한참 울던 내관이 고개를 들었다.

"전하의 용모가 변하여 저들도 알아보기 어려울 것입니다. 제가 의관을 바꿔 입을 터이니 부디 옥체를 보존하소서."

내관은 나를 뒷문으로 밀어 넣고 내 자리에 앉았다.

차가운 밤이었다. 어두운 뜰을 기어가자니 사람들의 그림자가 다투어 내 방으로 들어서고, 칼로 베는 소리와 비명이 등을 찔렀다. 나는 비탄에 젖어 생각했다.

'부친은 나라의 기틀을 다지시고 만세에 그 위명을 떨치셨으나 못난 자식은 네발로 기며 남의 목숨을 빌어 목숨을 부지하는구나. 이제 저승에

서도 부친을 뵐 낯이 없으니 죽기조차 두렵구나.'

그때 천둥이 치며 소낙비가 쏟아졌다. 횃불이 모두 꺼져 사방이 어두워졌다. 아무래도 사무들의 기도가 시기도 적절하게 하늘에 닿은 모양이었다. 우연한 일이 분명하였건만, 과학에 조예가 없는 군사들은 자신들의 죄에 하늘이 노하기라도 한 줄 알고 우왕좌왕하며 도망치기 시작했다. 나는 그 틈을 타 담을 넘었다. 병사 하나가 나를 돌아보았으나 내 노랗게 빛나는 눈을 보더니 고양이가 담을 타는 줄 알고 지나쳐 갔다.

◐

　나는 차마 사람들 속에 섞이지 못하고 산을 올랐다. 오랜만에 내린 비로 땅에서는 풀이 다투어 고개를 들고 나무는 접었던 잎을 펼치며 탐욕스럽게 뿌리를 뻗었다. 내가 밟아 다져진 자리에는 풀잎이 파랗게 돋아났다가 스러졌다. 이럴 때 식물의 모습은 동물이나 진배없다. 언제 다시 올지 모르는 비를 맞아 서둘러 씨를 뿌리고 열매를 맺느라 온 숲이 소란했다. 나는 비를 맞으며 내내 걸었고 더 걸을 수 없을 때까지 걷다가 지쳐 눕고 말았다.

　얼마나 누워 있었을까, 잠결에 흰 자작나무가 움직이는 것을 본 듯했다. 눈을 뜨고 보니 자작나무가 아니라 흰 호랑이였다. 키가 1장丈 2척尺은 되어 보였고 전신이 눈처럼 희고, 몸이 호리호리하며 꼬리가 없었다. 호랑이는 호젓하게 내 주위를 돌았다. 나는 피할 기운도 도망갈 기운도 없어 그대로 누워 있었다. 이대로 짐승의 먹이가 되어 영양 순환의 고리에라도 들어가면 조금은 가치 있는 죽음이 아닐까 하는 생각이 들자 피식 웃음이 나왔다.

"뭐가 그렇게 우스우냐."

호랑이가 입을 열자 나는 망연자실해졌다. 명료하고도 정확한 인간의 발음이었다. 짐승과 인간의 성대 구조가 엄연히 다를진대 호랑이가 어떻게 인간의 언어를 쓰는가. 헛웃음이 나왔고 이어 나도 모르게 눈물이 흘렀다.

"왜 우느냐."

호랑이가 다시 물었다.

"네가 가엾어서 울었다."

나는 누운 채로 말했다. 호랑이가 인간처럼 웃

었다.

"뭐가 그리 가여우냐."

"네가 인간의 말을 하는 것은 본디 인간의 지각이 있다는 의미요, 인간의 지각이 있다는 것은 네가 지금은 축생의 모습이지만 한때는 인간이었음을 뜻하리라. 무슨 연유가 있어 그런 모습이 되었는지는 모르겠으나, 부모님이 물려주신 본연의 몸을 잃고 말았으니 어찌 슬픈 일이 아니겠느냐."

"본연의 모습이란 것이 무엇이냐."

호랑이가 되물었다.

"네 말대로라면 모든 생물은 일평생 갓난아기의 형상으로 살아야 하겠구나. 너는 자신이 인간의 모습으로 태어났다고 말하지만 네 선조는 한때 곰이었고 호랑이였고, 뱀이었고 물고기였고, 새였으며 식물이었다. 네가 지금은 인간의 모습을 유지하려 애쓰지만 하나 의미 없는 일임을 알게 되리라. 태어난 그대로의 모습으로 죽는 것이 무슨 가치 있는 일이냐. 내가 축생의 모습을 택했다지만 내 의지가 섞이지 않은 일은 아니다. 나는 내 손으로 내 배를 채울 것을 구하며 살기를 원했고 이런 모습을 갖게 되었다."

대꾸할 말이 없었다.

"하나의 종이 그 형태를 변화시키는 데 아득한 시간이 걸렸던 시대를 아느냐. 종의 분화가 일어나는 데에 수만 년씩 걸렸던 때도 있었다. 그러나 그때가 지금보다 못한 시절도 아니었다. 그저 그 시절에는 그런 방식의 적응이 필요했을 뿐이다. 자연은 선악과 우열의 가치판단 없이 생존 방식을 결정한다. 인간의 표현형질은 자연이 택한 생존의 한 방편일 뿐이다. 너는 집단에 섞이지 않고 도구에 의존하지 않으면 토끼보다도 약한 것이다. 형편없이 약한 것이 나를 불쌍히 여긴다니 이런 오만이 또 어디 있느냐."

호랑이가 날카로운 송곳니를 드러내었다. 그가 화가 난 듯하여 나는 물어뜯길 각오를 하며 눈을 감았다. 하지만 시간이 지나도 호랑이는 내 목을 물어뜯지 않았다. 눈을 뜨자 호랑이가 나를 물끄러미 내려다보고 있었다.

"말해보아라."

호랑이가 입을 열었다.

"무엇을 말하란 말이냐."

내가 물었다.

"네가 원하는 바가 있느냐."

"아무것도 원하지 않는다. 누구의 눈에도 뜨이지 않고 싶다. 아무에게도 들키지 않고 살다가 가고 싶다."

"그렇다면 벌레가 되는 것이 네게 어울리겠다. 인간에 대한 미련을 버리지 못하니 구더기나 파리가 되면 좋겠구나. 지렁이는 어떻겠느냐. 지렁이는 땅을 기름지게 하니 지금의 너보다는 인간에게 쓸모가 많겠구나."

그의 언사 하나하나가 모욕적이었건만 반박할 말조차 떠오르지 않았다.

"종의 간극이 넓으니 지렁이라고 되기 쉬울 것 같지 않다. 어찌해야겠느냐."

"흙을 파먹을 각오만 있다면 어려운 일이 있겠는가."

호랑이는 고개를 들었다.

"이야기를 나눈 자를 차마 먹을 수는 없으니 떠나라. 굶주린 사람들이 산을 오르는 것을 보았다. 그들을 쫓아가면 목숨을 부지할 방법을 배울지도 모른다."

그는 나무 사이로 걸어 들어갔고 주위 배경에 섞여 들더니 홀연히 모습을 감추었다.

나는 자리에서 일어났다. 산등성이를 한참 걷다 보니 호랑이의 말대로 산을 오르는 무리가 있었다. 나는 사람들 속에 섞여 걸어갔다. 누구도 말하는 자가 없었고 서로에게 신경 쓰는 자도 없었다. 내 검푸른 피부와 노란 눈에 대해 뭐라 말하는 자도 없었다. 등이 굽은 자, 안면이 일그러진 자, 다리나 팔이 없는 자도 있고, 갑각류의 껍질로 둘러싸여 있거나 네발로 걷는 자도 있었다.

산허리에 오른 사람들은 삼삼오오 흩어져 동굴 속으로 들어갔다. 들어가 보니 사람들이 서로 부둥켜안고 자고 있었다. 먹을 것을 구할 방법도 살 방법도 찾을 길이 없으니 좋은 시절이 올 때까지 동면하는 길을 택한 듯했다. 어떤 이들은 누에처럼 고치를 만들었고 어떤 이들은 물고기 알처럼 얇은 피막에 싸여 있었다. 몸이 흰 털로 뒤덮인 자들도 있었다. 변화하지 못했거나 급격한 신체

변화에 적응하지 못한 이들은 시체가 되어 개미들의 먹이가 되었다. 그들은 먹이 순환의 고리에 들어가 또 다른 형태로 살아갈 것이다.

나는 사람이 없는 곳을 찾았다. 마침 속이 빈 나무둥치가 있었다. 풀을 모아 잠자리를 만들고 몸을 동그랗게 말아 잠을 청했다.

추위가 왔고 굶는 날이 계속되었다. 흙을 먹으려 애써보았지만 잘되지 않았다. 나는 잠이 깨면 다시 눈을 감고 또 깨어나면 다시 잠을 청하며 몸을 잠에 길들이려 노력했다. 시간이 지나자 이틀이나 사흘 정도는 깨어나지 않고 잘 수 있었고, 마침내는 일주일이나 열흘씩 잘 수 있었다.

겨울 중에 나는 허물을 벗었다. 가혹한 환경을 견디다 못한 몸뚱이가 결국 골격 구조에서 내장기관의 위치까지 변화시키는 일종의 '정리'를 결정한 것이다. 나는 몸에서 껍질이 벗겨져 나가는

동안 몇 번을 실신했다가 깨어났다. 허물에서 빠져나와 돌아보니 아직 인간의 모습이 남은 처참한 껍질이 뒤에 놓여 있었다. 새로운 몸에는 뱀처럼 미끈거리는 비늘이 돋아났고 도마뱀 같은 긴 꼬리가 자라났다. 나는 잃어버리고 만 내 인간성 앞에서 조금 울었지만 곧 진정했다. 내 몸은 생존을 위해 최선을 다해 파충류의 형질을 택한 것이다. 내 몸은 최소한 내 이성보다 현명하다. 이 몸은 인간의 존엄성과 자존심보다 생존이 중요함을 이해하고 있다. 흐늘거리는 인간의 껍질은 모두 먹어 치워 영양을 보충하였다.

봄이 되어 동굴 앞에 먹을 만한 풀이 나기 시작하자 나는 잠에서 깨어나 밖으로 걸어 나왔다. 길고 혹독한 겨울을 견디고 살아남은 사람은 나밖에 없었다. 몇 사람들만이 인간을 닮은 바위나 나무가 되어 서로 뒤엉킨 채 서글픈 풍경을 자아내고 있었다. 나는 그 앞에서 정중히 제를 지냈다. 흙이 되어서도 인간의 형태를 유지한 고귀한 이들에게.

나는 그후로 숲을 기어 다니며 풀을 뜯어 먹고 살았다. 질긴 풀을 뜯느라 내 턱은 단단하게 발달했고 입은 뭉툭하게 튀어나왔다. 풀숲이 흔들리기라도 할라치면 누가 오는가 싶어 귀를 바짝 세우는 바람에 귀도 뾰족하게 섰다. 내 손바닥은 점점 단단해졌고 팔과 다리도 길이가 맞아 가기 시작했다. 손가락을 쓰기 어려워지자 머리에 뿔이 돋았다. 처음에는 작은 혹처럼 보이더니 이내 사슴처럼 길게 가지를 폈다. 뿔은 다른 짐승과 먹이 다툼이 붙을 때나 나무를 들이받아 열매를 떨어뜨릴 때 유용하게 쓰였다.

그해 겨울에 나는 다시 허물을 벗었다. 내 전신은 이제 완전히 푸른색으로 바뀌었다. 사막이나 바위산에 들어가 사는 편이 그나마 인간의 색깔을 유지하는 데에 도움이 되지 않을까 싶었지만, 소용없는 짓이라는 기분이 들었다. '눈에 뜨이고 싶지 않다'는 내 소망은 너무나 강렬하여 그 반작용도 강렬했다. 바위산에서 살다간 몸에 자갈 모양의 무늬라도 새겨지고 말 터였다.

나는 아직 배꼽 아래에 남은 내 물건을 내려다보며 과연 아직도 인간과의 교접이 가능할지 생각해보다가 웃고 말았다. 이미 돌이킬 수 없는 축생의 길로 들어왔음에도 불구하고, 나는 여전히 전생에 속했던 종種에 대한 동경을 버리지 못한다. 언젠가는 뇌의 용적과 구조도 바뀌어 갈 것이다. 언제까지 내가 인간의 기억을 유지하고 인간으로서의 지성을 유지할지도 알 수 없는 일이었다. 나는 그날 밤 내 몸에 돋아난 비늘의 수를 세어보았다. 크고 작은 것을 포함하여 여든하나였

다. 아홉의 제곱수라, 길한 숫자다. 그런 생각을
하며 나는 다시 웃었다.

◗

　가을이었을까. 여느 때처럼 숲을 기어 다니며 먹을 것을 찾던 나는 멀리서 말발굽 소리와 함께 개들이 짖는 소리를 들었다. 놀라 고개를 드니 사냥개들이 자줏빛 노루들을 몰아 이쪽으로 달려오고 있었다. 나는 노루들 사이에 끼어 허둥지둥 달렸다. 사람들이 풀숲 위로 보이는 내 뿔을 보고 사슴으로 착각하고는 활을 쏘았다. 내 옆에서 활에 맞은 노루 한 마리가 땅을 구르며 서러운 비명을 질렀다. 그 목소리가 너무나 인간과 닮아 가슴이 미어졌다.

　죽을힘을 다해 뛰었지만, 내 다리는 노루들만큼 빠르지도 못했고 그들만큼 영민하지도 못했다. 마침내 나는 사냥개들에 에워싸여 나무둥치 아래에 꼼짝도 못하고 섰다. 개들이 짖는 소리를 들으며 서 있노라니 풀숲이 열리고 활과 창을 든 사람들이 나타났다. 맨 앞에서 말을 타고 오는 남자를 보고 나는 몸이 뻣뻣하게 굳었다.

꿈에서나 잊었을까. 그는 바로 내 숙부였다.

하지만 내가 얼어붙은 까닭은 그가 내 숙부라는 사실 때문이 아니라, 그의 모습이 알아볼 수 없을 정도로 변해서였다.

그는 거대한 고깃덩어리처럼 보였다. 살결이 분홍빛으로 번드르르하고 배가 통통하니 음식을 과하게 먹는다는 뜻이었고, 코가 위로 치켜 올라갔으니 음식에 얼굴을 파묻고 산다는 뜻이었다. 눈은 거의 감겼으니 이치를 분간하지 못한다는 뜻이었고 귓불이 귀를 덮었으니 이미 듣고자 하는 것이 없다는 뜻이었다. 손과 발이 퇴화하여 손가락의 구분도 없었으니 정사를 돌보지 않는다는 뜻이었다. 선왕께서 노환으로 누우신 뒤에도 인간의 모습을 잃지 않으신 것을 생각하면 참으로 어이가 없는 모습이었다. 너무나 기가 막히고 화가 나서 겁을 낼 기분조차 들지 않았다.

숙부는 내게서 활을 치우더니 고개를 갸웃하며 나를 이리저리 훑어보았다.

"대체 이 생물이 무엇이냐? 뿔이 달려 있어 사슴인 줄 알았더니 온몸이 시퍼렇구나. 꼬리는 도마뱀 같고 뱀처럼 비늘로 덮인 것이 사람처럼 팔다리가 달려 있고 눈은 노란 것이 꼭 괭이 같구나. 대체 이것이 무슨 징조로 보이느냐?"

옆에 있던 신하가 앞으로 나섰다. 그의 등은 말 등에 바짝 붙을 듯이 굽었고 목은 떨어질 듯이 땅을 향했다. 모습은 완전히 변해버렸지만, 나는 그가 한때 내 친구였던 사무임을 알아보았다. 그 역시 나를 알아보았음을 느꼈으나, 그는 애써 나를 외면하였다.

"본디 생물이란 환경에 적응하여 변화하는 것이니 신종新種을 보는 것이 이상한 일은 아닙니다. 그러나 계통이 지나치게 안정하지 않은 까닭은 백성이 살기에 안정하지 않은 탓입니다. 자연이 간절한 뜻을 말로 전할 수 없으므로 요괴한 것을 보여주는 것이니, 이는 임금으로 하여금 두려워하고 반성할 줄 알게 하여 스스로 새롭게 하도록 하려는 것입니다. 하지만 만약 임금이 덕을 닦으면 화를 복으로 바꿀 수 있을 것입니다."

잠자코 듣던 왕의 얼굴이 벌겋게 달아올랐다.

"흉하면 흉하다 길하면 길하다 할 것이지 이미 요사스러운 것이라 말해 놓고 다시 복이 된다는 것은 무슨 거짓말이냐?"❖

주위에서 말릴 틈도 없이 왕의 허리춤에서 칼이 빠져나왔다. 왕이 휘두른 칼은 사무의 목과 함께 주변 사람들까지 같이 베어내었다. 나는 그 순

❖ 『삼국사기』「고구려본기」차대왕(고구려 제7대 왕) 실록에서 인용. 원전에서 왕이 본 것은 흰 여우였다.

간 뒤돌아 달렸다. 등 뒤에서 개 짖는 소리와 함께 화살이 무수히 쏟아졌다. 나는 죽을힘을 다해 산을 달려 올라갔다. 절벽에 이른 나는 굽이치는 강물을 내려다보았고 그대로 아래로 뛰어내렸다. 아득한 높이에서 부딪친 물은 땅처럼 단단했다. 강물이 나를 벌컥거리며 삼켰다.

◑

　그날 나는 몇 가지 사실을 알았다. 절벽에서 한 번 뛰어내리는 정도로는 날개가 생기지 않는다는 것, 그리고 파충류의 외피를 쓴 내 몸이 의외로 단단하여 그리 쉽게 죽지 않는다는 점이었다.

　'사람의 눈에 띄지 않고 살기를 그렇게 바랐건만, 눈에 띄니 과연 또 한 사람이 죽는구나.'

　그후로 나는 강에 머물렀다. 오랫동안 물에 잠겨 있느라 피부는 짓물러 흐물거렸고 밤이면 몸이 차갑게 얼어붙었다. 몇 번이나 죽을 고비를 넘겼지만 나는 땅에 올라서지 않았다. 나는 진심으로 내게 남은 마지막 인간의 끈이 끊어져버리기를 갈망했다. 한 마리의 물고기나 물뱀이 되기를 소원했고 아직 남은 인간으로서의 자각이 송두리째 뽑혀 나가기를 기원했다.

내가 한밤중에 얼음 같은 추위를 참으며 얕은 물가에 몸을 담그고 엎드려 있는데 물속에서 거북이 두 마리가 동시에 고개를 내밀었다. 몸을 다 수면에 드러내 놓고 보니 두 마리가 아니라 몸은 하나요, 머리가 둘이었다. 어느 흙바닥에 잠겨 있었는지, 몸을 다 드러내니 길이가 7척은 되었다. 주위에서 붉은 날개를 단 물고기들이 파닥거리며 뛰어 달아났다.

"밤이 찬데 뭍 것이 물에 처박혀 뭘 하느냐. 네 살던 곳으로 돌아가라."

거북이가 말했다. 두 머리가 따로따로 말하느라 목소리가 울렸다.

"갈 곳이 없소."

내가 추위로 굳어진 입을 떼며 대답했다.

"그대의 영역을 침범했다면 사죄하겠으나 내쫓지는 말아주시오."

"모든 생물이 제 영역이 있는 법인데 어찌 네발 달린 짐승으로서 물을 숨 쉬고 살려 하느냐."

"계통이란 근원을 따지고 들면 그 경계가 없는 것이오. 그대도 자신의 형질이 흙과 물 양쪽에 발을 걸치고 있음을 인정한다면, 뭍에 사는 생물들이 한때는 모두 물에서 살았음을 기억해주시오. 만물이 한 기원에서 나온 것임을 기억해주시오. 돌고래와 바다사자가 죄를 짓지 않았다면 내가 진화를 역행하려 한다 해도 비난받을 만한 짓은 아닐 것이오."

"아무리 계통에 경계가 없다 하나 너같이 기괴한 것이 돌아다니다간 내 먹을 것들이 모두 경기하여 도망치겠다."

"뜻한 바는 아니었소. 남의 눈에 띄지 않기를 기원하였으나 잘되지 않은 모양이오. 생물이 자신이 원하는 것과 정반대의 모습을 갖는 경향성에 관해

서라면 며칠을 앉아 논해볼 의향도 있소."

"며칠을 논할 것도 없다. 네 진정한 소원이 그것이 아닌 까닭이라."

거북이가 두 개의 머리를 교차해서 들이대며 말했다.

"여기서 나가라. 그렇지 않으면 잡아먹어버리겠다."

"잡아먹으려면 먹으시오. 나는 죽어도 물귀신이 되겠소. 다시는 흙을 밟지 않을 것이오."

나는 그리 말하고 눈을 감았다.

한참 뒤에 눈을 떠보니 거북이는 보이지 않았다. 죽이지 않은 것은 동정한 까닭일까, 아니면 죽일 가치가 없다고 여긴 탓인가, 맛이 없어 보인 탓인가. 나는 다시 물에 몸을 담근 채 밤새 추위를 견뎠다.

시간이 지나자 몸의 비늘이 안정적으로 자리

를 잡았다. 팔과 다리는 점점 작게 오므라들었지만, 어째서인지 지느러미처럼은 되지 못하고 새의 형태에서 멈추었다. 절벽에서 뛰어내린 경험 탓이 아닌가 싶었다. 팔다리가 기능을 하지 못하자 척추와 꼬리가 길게 늘어났다. 한번 거친 단계는 반드시 그 흔적을 남긴다고 하던가. 머리에 돋아난 사슴뿔은 퇴화하지 않은 채 남았고 어릴 적에 얻은 고양이 눈도 그대로였다. 호흡법을 변화시키기는 힘들었지만 오랫동안 잠수하는 법을 익혔다. 손발이 퇴화하자 수염이 길게 늘어나 더듬이처럼 감각이 생겨났다. 나는 물풀이나 작은 물고기를 먹고 살았다. 강바닥에 며칠씩 가라앉아 있기도 했고 호수에서 몇 달을 머물기도 했다.

어느 날 숨을 쉬러 수면으로 솟아오른 나는 호숫가에서 빨래를 하던 한 여자와 마주쳤다. 아홉

개의 하얀 꼬리가 있는 것을 제외하면 인간의 모습을 그대로 유지한 여인이었다. 인간을 본 지 까마득한 데다 인간의 의관을 갖추지 못한 지도 오래된지라, 나는 어찌할 줄 몰랐다. 넋놓고 보는 꼴이 혹 요괴라고 소리 지르며 돌이라도 던지려나 싶어 기다리자니, 여자가 두 손을 모으고 내 앞에 머리를 조아렸다.

"뭘 하는 거냐."

입을 열자마자 실수했다는 것을 깨달았다. 내가 호랑이를 만났을 때 그랬듯이, 여자 역시 내 계보 어딘가에 인간의 단계가 섞여 있음을 알게 되었으리라.

"신령한 것이 물에서 나오시니 물을 다스리는 이가 아닌가 하여 절을 드렸습니다."

"잘못 보았다. 인간 세상을 두려워하여 물에 기생하여 사는 잡것이다. 네가 못 볼 것을 보았구

나. 놀라게 할 의도는 아니었으니 용서하라."

나는 다시 아래로 잠수해 들어갔다.

며칠 뒤 눈을 뜬 나는 내 앞에 떡이며 과일이 퉁퉁 불어 잠겨 있는 것을 보았다. 작은 물고기들이 떡사래마다 좋다고 달려들어 뜯어 먹었다.

나는 다시 수면으로 올라가 보았다. 전의 그 여자가 또다시 호숫가에 있었다. 주위를 둘러보니 이제는 숫제 제를 지내는 모양새를 단단히 갖추고 정화수에 향이며 떡 접시 따위를 올려놓고 치성을 드리고 있었다. 상에는 기원문을 적은 붉은 종이가 치렁치렁하고 여자 주위로는 마을 사람인 듯한 이들이 몇 명 더 모여 있었다. 여자는 나를 보더니 도둑질이라도 하다 들킨 사람처럼 벌떡 일어나 앉았다.

"무슨 짓거리들이냐."

내가 기가 막혀 말하였다.

"내 입으로 내가 잡종에 불과한 것이라 하지 않았더냐. 제를 드릴 곳이 그리 없다면 차라리 호수나 산에 지내라."

"초목이 마르고 가뭄이 길어 민초가 먹을 것을 찾을 길이 막연합니다. 종의 생장과 변화가 기괴하여 농가가 쇠하고 농작물이 인간의 입에 맞지 않습니다. 왕은 귀와 눈이 퇴화한지라 백성의 원을 듣지 못합니다."

"그래서 어쩌란 말이냐. 내겐 아무 힘도 없다. 축생이 무슨 수로 인간사에 관여하겠느냐."

"자연이 그대에게 신령한 외양을 허락한 데에는 연유가 있을 것인데 인간의 숙원을 그리 덧없다 하십니까."

나는 잠시 입을 다물었다가 말했다.

"네 말이 옳다."

나는 꼬리를 휘저었다. 큰 바람이 일며 물보라

가 솟구쳤다. 향이 쓰러지고 정화수를 담은 그릇이 엎어져 깨어졌다.

"내가 너무 오래 살았던 모양이다. 누구의 눈에 뜨이든 분란만 일으키니 영영 모습을 보이지 않는 편이 좋겠다."

나는 물속으로 잠수해 들어갔다. 돌아보니 여자가 우는 것이 보였다. 나는 냉정히 고개를 돌리고 그대로 호수 밑바닥에 몸을 누이고 동면을 시작했다. 차가운 물이 몸을 얼리기 시작했다. 전신이 차츰 마비되고 세포가 하나하나 잠드는 것을 느꼈다. 시간의 흐름조차 알 수가 없었고 생각마저 느려져 갔다. 운이 좋다면 바위나 흙이 될 수도 있으리라. 태고의 거인들이 그러했듯이.

◖

　아득한 곳에서 문을 두드리는 듯한 소리가 들려오더니 차츰 나를 깨우는 소리로 바뀌었다.

　"그만 일어나라."

　나는 눈을 떴다. 몸에 잔뜩 붙은 물풀과 다슬기 탓에 눈을 뜨기도 힘들었다. 전에 보았던 머리 둘 달린 거북이가 앞에서 헤엄치고 있었다. 어째서 인지 몸이 이전보다 상당히 줄어든 듯 보였다.

　"어서 여길 떠나라. 왕의 군사가 너를 잡으러 왔다."

　그 말이 무슨 뜻인지 깨닫는 데에는 시간이 필요했다. 그제야 오랜 옛날에 내가 인간이었고 왕자의 신분이었던 적도 있었음이 떠올랐다. 왕이 한때 나와 혈연관계가 있었던 기억도 떠올랐다.

　"왕이 무슨 할 일이 없어 나를 잡으러 온단 말

이오."

"네가 잠든 뒤에도 인간들이 계속 이곳에서 제를 지냈다. 그들이 네게 왕을 몰아내고 새 왕을 내어 달라고 빌었기에 왕이 이를 알고 호수를 메우고 너를 바닥에서 끌어내라고 하명하였다. 생각이 느려진 것을 보니 뇌까지 변화하고 말았구나. 속히 떠나라."

그러고 보니 주위가 소란했다. 고개를 들어보니 머리 위로 흙이 계속 쏟아졌다. 어디선가 역한 피 냄새가 동하고 호수 너머로 까마귀 떼가 어지러이 오갔다.

"어찌하여 까마귀들이 저리도 아우성인가."

"험한 것이니 보지 않는 것이 좋다."

거북이는 그리 말하고 흙 속으로 파고 내려갔다.

나는 불길한 기분이 들어 수면으로 솟구쳐 올랐다. 조금 움직였을 뿐인데도 호수에 소용돌이가 치며 물고기들이 놀라 달아났다. 몸에 붙어 있던 물풀과 이끼와 다슬기가 우수수 떨어져 나갔다. 그제야 나는 거북이가 작아진 것이 아니라 내가 커졌음을 깨달았다. 오랫동안 잠을 잔 탓인가.

한 떼의 병사들이 호숫가에 모여 흙을 호수에 퍼붓고 있었다. 병사들은 나를 보더니 놀라 말을 잃고 삽을 뜨던 손을 멈추었다. 나 역시 말을 잃고 그들 사이에 무수히 꽂혀 있는 것을 보았다. 호숫가에는 제를 지내던 사람들과 여자의 시체가 벌겋게 늘어서 있었다. 여자의 하얀 소복이 바람이 불 때마다 이리 나부끼고 저리 나부꼈다. 여자의 몸이 한 번 흔들릴 때마다 조금씩 이성이 떨어져 나가더니 마침내는 아무 생각도 할 수 없었다.

병사 중 한 놈이 정신을 차리고 창을 들이대며 소리를 질렀다.

"요사한 것은 얌전히 목을 내놓아라. 너를 따르

던 신도들은 모두 죽었다."

병사의 말이 끝나기도 전에 나는 물 위로 솟구쳐 올랐다. 병사들이 놀라 허둥거리는 사이 앞에 있는 놈을 이빨로 물어뜯고 긴 꼬리로 말의 다리를 후려쳤다. 낙마한 병사들이 신음하는 사이 그들의 목을 발톱으로 뜯고 앞발로 심장을 짓눌렀다.

멀리서 병사가 더 몰려오는 소리가 들리자 나는 호수를 빠져나와 강으로 뛰어들었다. 예나 지금이나 내 눈은 밝은 편이었기에 나는 강가에 늘어선 사람들의 시체를 하나하나 세어볼 수도 있었다. 그리고 한때 내 숙부였던 자가 강가에 서 있는 것도 보았다. 그를 지나쳐 가려는데 왕의 목소리가 들려왔다.

"나와라. 요괴야."

왕은 말 위에 꼿꼿이 앉아 말했다. 작은 목소리였지만 여러 짐승의 단계를 거친 내 귀에는 그의 목소리가 똑똑히 들렸다.

"네가 나오지 않으면 너를 잡을 때까지 인근 마을의 사람들을 모두 죽이리라. 요물을 따르던 죄를 물어 일제히 처형하리라."

나는 헤엄을 멈췄다. 기괴한 협박이었다. 숙부마저 내게 무슨 신령한 것이라도 깃든 줄 아시는가. 인간의 생사와 내가 무슨 관계가 있단 말인가. 하지만 나는 조용히 물에서 빠져나왔고 강가로 올라가 왕의 앞에 섰다. 아니, 이미 내 몸은 인간의 형태로 '선다'는 것이 불가능했기 때문에, 나는 긴 꼬리를 둥글게 말아 몸을 지탱하고 목을 꼿꼿이 세웠다. 몸을 세웠을 때야 나는 내 몸의 크기를 실감할 수 있었다. 내게 창을 겨눈 병사들과 숙부가 한숨에 휩쓸어버릴 수도 있을 만큼 조그맣게 보였다.

숙부를 가까이에서 본 나는 만감이 교차했다.

아아, 그는 늙어 있었다. 그것만은 아무리 변화를 거부하는 생물이라도 어쩔 수 없이 맞게 되는 결말이리라. 그의 뚱뚱했던 배는 주름져 늘어졌고 쭈글쭈글한 얼굴에는 검버섯이 피었으며, 쓰지 않아 퇴화한 팔다리는 가늘게 말라 있었다.

"그래, 네가 누구인지 알아보겠다."

그는 마른 나뭇가지가 바람에 서걱대는 듯한 목소리로 말했다.

"네가 선왕의 씨로구나. 진즉에 말려 없앴어야 할 씨가 아직도 남아 있었구나."

나는 고개를 땅으로 향한 그의 병사들처럼 목을 깊이 숙이며 말했다.

"소인이 짐승이 된 까닭은 목숨을 부지하고자 함이지 결코 왕의 치세에 누가 되려 함이 아닙니다. 우매한 백성의 일이니 왕께서는 크신 아량으로 분노를 거두소서."

"우매한 백성이 한 일이라 하나 네가 뜻을 몰랐을 리 없으니 죄를 물어야 하겠다."

"이 몸은 이미 오래전에 죽은 목숨인데 굳이 두 번 취하려 하십니까."

"네놈이 감히 왕에게 이래라저래라 하느냐."

왕은 쇳소리를 내며 말했다. 그의 목소리는 고자처럼 가느다래서 거의 들리지도 않았다.

"내 영토에 있는 이상 네 몸과 목숨은 모두 짐의 것이다. 짐이 네게 목숨을 바치라 명하니 신하 된 도리로 따르라."

"하찮은 물뱀의 목숨을 대체 무엇에 쓰려 하십니까."

"짐승이 감히 인간과 대화를 나누니 어찌 불경한 일이 아니냐. 너는 요사스러운 징조이니 쳐 없애야 하겠다."

"소인이 요사스러운 짐승이 되었다 하나 전하

또한 더 이상 인간이 아니시니 어찌 인간의 왕을 자처하시며 제 목숨을 요구하십니까."

왕의 눈꼬리가 벌겋게 치켜 올라갔다. 그가 가느다랗게 소리를 내지르자 주위의 병사들이 말의 배를 차며 달려들었고 나는 다시 강으로 뛰어들었다.

병사들이 강둑을 따라 나를 쫓았다. 나는 바람 같은 속도로 헤엄쳤다. 내가 너무나 빠른 탓에 지나간 자리마다 물이 좌우로 열리며 강이 넘쳐흘렀다.

갑자기 등 뒤에서 왕의 웃음소리가 들렸다. 나는 그가 웃는 이유를 짐작할 수 있었다. 내 앞에는 열 장은 됨 직한 거대한 폭포가 길을 막고 있었다. 하지만 나는 멈추지 않았고 오히려 속도를 더 올렸다. 폭포 아래에 이르자 나는 물줄기에서 일어나는 소용돌이를 반동 삼아 튀어 올랐다. 내 몸은 폭포를 거슬러 솟구쳐 올랐다. 꼬리에 휘감긴 물이 내 몸과 함께 소용돌이치며 치솟았다.

나는 내가 상승기류를 일으키고 있음을 깨달았고, 내 몸이 대기의 흐름에 변화를 가져올 정도로 거대해졌다는 것 역시 깨달았다. 나는 기류를 타고 하늘로 솟구쳐 올랐다. 나를 쫓아오던 군사들이 망연자실해서 멈춰 섰다. 몸을 내려다보니 햇빛을 받은 푸른 비늘이 시원하게 반짝이고 물고기의 지느러미 같은 긴 꼬리가 수면에 닿을 듯이 길게 늘어뜨려져 물안개를 휘저었다. 나는 기분이 좋아 구름을 뚫고 계속 상승해 갔다. 대기의 흐름이 손에 잡힐 듯 눈에 들어왔다. 바람을 타고 그 방향을 바꾸는 법을 느낄 수 있었다. 어떻게 하면 공기의 흐름을 변화시켜 비를 뿌릴 수 있을지도 알 수 있었다. 생각해보니 나는 인간이었을 때 가뭄을 싫어하였다. 오래된 일이라 이유는 잘 기억나지 않았지만.

　나는 공기를 높이 끌어올렸다. 수증기가 대류권까지 끌려 올라가자 순식간에 먹구름이 만들어졌다. 번개가 치고 우레가 울며 세상이 뒤흔들렸다. 내가 구름을 지그시 눌렀다 솟구치며 기압을 바꾸자 땅에 폭우가 쏟아졌다. 강이 흘러넘치고 들이 물에 잠기더니 강가에 서서 넋을 잃고 나를 올려다보던 병사들을 한순간에 삼키고 지나갔다. 쫓아오지 못하고 뒤쳐져 있다가 멀리서 그 모습을 보던 왕은 삽시간에 머리카락이 세고 십 년쯤 더 늙어버리고 말았다. 내가 그에게 위태위태하게 남은 마지막 생명력까지 고갈시켜버린 듯했다. 하지만 그들의 생과 사에 아무 관심도 느껴지지 않았다. 내가 이제 더 이상 인간이 아닌 까닭이다. 그저 구름 위를 달리는 기분이 좋아 더욱더 속도를 높여 승천해 갔다.

왕이 난으로 죽은 것은 그해 겨울이었다. 내가
창공을 날던 날이었다.

　이 소설의 첫 영감은 헤르만 헤세의『데미안』서문에서 왔다고 기억한다. 다음과 같은 문장이었다. "한 번도 인간이 되어보지 못한 사람도 많다. 그는 개구리나 도마뱀, 또는 개미 따위의 단계에 머무르고 있는 것이다."❖

　어릴 때 책에서 본 헤켈의 '개체발생은 계통발생을 반복한다'(현재는 폐기된 가설로 본다)는 말도 상상을 자극했다. 나는 그 문구를 보고, 하나의 생에서 생물의 모든 진화 과정을 거치며 자라는 사람을 상상했다.『삼국사기』의 문구 몇 줄에서 무한한 상상을 펼치는 법은 누가 뭐래도 김진의『바람의 나라』가 가르쳐주었다. 십대 시절, 나는『바람의 나라』의 다음 잡지 연재본을 오매불망 기다리는 동안,『삼국사기』의 행간에서 신화와 역사가 혼재된 이야기를 상상하며 놀곤 했다. 따라서 이 소설의 첫 문단은 오래전에 써 둔 것이고 잡지 〈Happy SF〉에서 의뢰가 들어왔을 때 뒤를 이었다.

　❖ 헤르만 헤세, 홍경호 옮김,『데미안』범우사, 1981, 19쪽.

소설의 주인공은 고구려 제6대 태조대왕의 아들, 막근莫勤이다. 원전에서는 차대왕에게 살해당하지만 이 소설에서는 그때 도망쳤다고 가정한다. 태조대왕이 물러날 때 나이가 많았으니 막근 태자도 그랬겠지만 편의상 소년으로 설정했다. 또한 초반에 나오는 사람을 베고 잔다는 기록은 차대왕이 아니라, 태조대왕의 선대왕이자 대무신왕의 아들인 모본왕의 기록이다. 결말의 해는 차대왕 20년이며, 그믐에 일식이 있었다.

본문에서 인용한 『삼국사기』의 문구는 김영수(『고구려본기』, 일신서적공사, 1986)의 번역을 참조해 다듬었다. 여러 기이한 생물의 모습 또한 『삼국사기』의 기록을 따랐다.

박지현 씨와 고드 셀러 씨 부부께서 대가 없이 번역해주신 뒤에, '가장 좋은 데부터 순서대로 투고해보자'며 〈클락스월드〉 웹진에 투고한 것이 바로 선정되어 소개되었는데, 한국 SF 작가의 작품이 이 웹진에 실린 것은 처음이라고 들었다. 미국에 소개된 내 첫 소설이자 중국에 소개된 내 첫 소설이며, 국내에서도 내 데뷔작을 제외하면 종이 지면에 처음 소개된 소설이다. 내 소설 중 가장 여러 번 출간된 작품이기도 하다.

개인적으로 의미 있는 작품을 다시금 정성들여 세상에 내놓아주신 에디토리얼과, 아름답고 영감으로 가득한 그림을 그려주신 김홍림 일러스트레이터께, 그리고 늘 함께해주시는 그린북 에이전시에 감사드린다.

결국, 『진화 신화』를 만나다

◐ 이지용 문화평론가

결국, 이렇게 『진화 신화』를 만나게 되었다. 2010년 출판되었던 두 번째 중단편집의 표제작이었던 이 작품은 김보영이라는 작가가 그리는 세계의 특징을 단적으로 보여주는 작품이다. 그런데 그러한 작품을 절판 이후 만나볼 수 없다는 아쉬움이 있었다.

한국 SF의 지형도가 새롭게 그려지고 있는 최근에 김보영의 초기작들이 새롭게 출간되는 것은 SF 팬으로서도 반가운 일이다. 초판본 추천사에서 소설가 박민규가 김보영의 소설에 대해 "한국 SF의 '종의 기원'이될 것"이라고 적었던 찬사는 마치 예언처럼 지금, 현실이 되었다. 누가 뭐라 해도 김보영은 (듀나와 함께) 한국 SF의 현재를 가능하게 한 뿌리와 같은 작가다. 그들의 초창기 작품들은 SF라는 장르가 한국에서 어떠한 모습으로 자리 잡아 왔는지 확인할 수 있는 귀중한 자료이다. 또한 걸작이라고 불렸던 작품의 재발간은 오랜 시간 동안 아쉬워했던 팬들과 새롭게 유입된 독자층에게도 좋은 선물이 될 것이다.

더욱이 개성적인 일러스트레이션과 만나 보여주는 『진화 신화』의 세계는 그 환상성과 감각적인 분위기들을 더 고조시킨다. 김보영의 작품이 가진 한국적이고 환상적인 작품의 분위기는 문자의 틀을 벗어나 다양한 매체와의 접점을 확장시키는 데 용이하다. 그러기 때문에 봉준호 감독은 자신의 영화 〈설국열차〉의 시나리오 자문을 해준 김보영의 소설에 대해 그 자체로 숨 막히게 아름다운 한 편의 '영화'라고 했고, 단편 「당신을 기다리고 있어」는 '연극'으로 각색되어 무대에 오를 수 있었다. 이는 김보영의 소설들이 그만큼 머릿속에 다양한 세계를 그려내는 데 탁월하기 때문이다. 그런 면에서 이번에 현대적인 감각의 일러스트레이션으로 조형된 작업 역시 김보영의 작품 세계가 보여줄 수 있는 새로운 가능성이 될 것이다.

『진화 신화』는 한국의 역사적인 배경을 토대로 과학적 가설과 사고실험을 외삽하고, 거기에 환상적인 설정들을 덧입혀 놓은 작품이다. 서로 들어맞지 않을 것 같은 요소들이 절묘하고 능청스럽게 배치되어 있고, 경이의 세계는 경쾌하되 현실도피적이지 않으면서도 심각하게 고민하지 않는다. 세계 그 어디에 가도 이와 같은 세계관과 서사를 지닌 SF를 만나볼 수 없을 것이다. 또한 초창기 작품이라고는 하지만 그 안에 주제로 삼고 있는 인간과 비인간, 사회와 권력, 인간의 문명과 문화에 대한 사유들은 동시대 감각과도 훌륭하게 조응한다. 작품의 이러한 특징들을 색다른 시각에서 재해석한 일러스트레와의 만남 역시 또 다른 경이감을 선사하기에 충분하다. 이러한 시도가 한국 SF의 또 다른 지경을 만들 수 있을 것으로 기대한다. 독립된 개정판으로 다시 만나는 『진화 신화』가 작품의 제목처럼 변신을 거듭하고 있음에 갈채를 보낸다.

『진화 신화』수록 지면

2006년 〈Happy SF〉무크지 2호, 행복한책읽기

2010년 개인 단편집『진화 신화』, 행복한책읽기

2011년 〈에스콰이어〉별책부록 공동단편집『멀티버스』, 에스콰이어코리아

2015년 미국 웹진 〈클락스월드 *Clarkesworld*〉

2017년 중국 웹진 〈부존재일보不存在日报〉, 미래사무관리국(未来事务管理局)

2018년 『The Apex Book of World SF』제5권, Apex book company

2021년 개인 영문 단편집『On the Origin of Species and Other Stories』, Kaya Press

태조대왕

94년(146년) 가을 7월에 수성遂成이 왜산倭山 아래에서 사냥을 하다가, 주위 사람들에게 이르러 말하기를, "대왕이 늙었으나 죽지 않고 내 나이도 장차 저물어 가니 기다릴 수 없다. 생각건대 그대들은 나를 위하여 책략을 세워주기를 바라노라."라고 하였다. 주위 사람들이 모두 말하기를, "삼가 명령에 따르겠습니다."라고 하였다.

94년(146년) 겨울 10월에 우보 고복장高福章이 왕에게 아뢰기를, "수성이 장차 반란을 일으키려 하니 청컨대 먼저 그를 죽이십시오."라고 하였다. 왕이 말하기를, "나는 이미 늙었다. 수성이 나라에 공적이 있어서 내가 장차 왕위를 물려주려고 하니 그대는 번거롭게 염려하지 말라."라고 하였다. 고복장이 아뢰기를, "수성은 사람됨이 잔인하고 어질지 못하여, 오늘 대왕의 선위를 받으면 내일 대왕의 자손을 해칠 것입니다. 대왕께서는 단지 어질지 못한 동생에게 은혜를 베푸시는 것만 알고, 무고한 자손에게 환난이 미치는 것은 알지 못하십니다. 대왕께서는 이를 깊이 헤아리시기 바라옵니다."라고 하였다.

94년(146년) 12월에 왕이 수성에게 일러 말하기를, "나는 이미 늙어 온갖 정사에 피로하기만 하다. 하늘의 운수가 너에게 있다. 하물며 너는 안으로 국정에 참여하고, 밖으로 군사를 총괄하여 오래도록 사직에 공적이 있고, 신하와 백성들의 여망을 채워주었다. 내가 나라를 부탁함에 있어 적임자를 얻었다고 말할 수 있다. 너는 즉위하여 왕 노릇하며 영원히 경사스러울 것이다."라고 하였다. 이에 왕의 자리를 물려주고 별궁으로 물러나니, 태조대왕이라고 칭하였다.

차대왕

차대왕次大王은 이름이 수성遂成이고 태소대왕의 진동생이다. 용감하고 씩씩하여 위엄이 있었지만 인자함은 적었다. 태조대왕의 양위를 받아 즉위하였다. 그때 나이가 76세였다.

3년(148년) 여름 4월에 왕이 사람을 시켜서 태조대왕의 맏아들인 막근莫勤을 죽였다. 그의 동생인 막덕莫德은 화가 잇따라 미칠까 두려워 스스로 목을 맸다.

3년(148) 가을 7월에 왕이 평유의 들판[平儒原]에서 사냥을 하였는데, 흰 여우가 따라오며 울자 왕이 이를 쏘았으나 맞지 않았다. 무당에게 물으니 무당이 말하기를, "여우라는 것은 요사스런 짐승으로 좋은 징조가 아닙니다. 하물며 그 색이 희니 더욱 괴이합니다. 그러나 하늘은 하고자 하는 말을 타일러서 할 수 없기 때문에 요사스럽고 괴이한 것을 보여주어 인간 세상의 군주로 하여금 두려워하며 수양하고 반성하여 스스로 새로워지도록 하려는 것입니다. 임금께서 만약 덕을 닦는다면 화를 바꾸어 복으로 만들 수 있을 것입니다."라고 하였다. 왕이 말하기를, "흉하면 흉하고, 길하면 길한 것이지, 네가 이미 요사스럽다고 하였다가 또 복이 된다고 하니 어찌 그렇게 기만하느냐?"라고 하고 마침내 그를 죽였다.

8년(153년) 여름 6월에 서리가 내렸다.

20년(165년) 봄 정월 그믐에 일식이 일어났다.

20년(165년) 겨울 10월에 연나椽那의 조의皁衣 명림답부明臨荅夫가 백성이 견디어내지 못하므로 왕을 죽였다. 이름을 차대왕이라 하였다.

출전:『삼국사기』권 제15「고구려본기」제3 중 일부 발췌, 국사편찬위원회 한국사데이터베이스, sg_015r_0020_0510, 2022.02.04 확인

글 김보영

SF 작가. 1990년대 말 게임 개발회사에서 개발자이자 시나리오 작가로 일했다. 휴직 기간 중 단편 「촉각의 경험」과 「다섯 번째 감각」을 발표하면서 SF 작가로 활동을 시작했다. 2004년 제1회 과학기술창작문예 공모전에서 「촉각의 경험」으로 중편부문상을 수상했다. 그후 꾸준히 중단편을 발표하는 가운데 첫 장편 『7인의 집행관』이 2013년 출간되었고, 이 작품으로 이듬해 개최된 제1회 SF 어워드에서 장편소설 부문 대상을 수상했다. 한국 SF가 기틀을 잡고 성장해 온 길에 작가의 발자취가 또렷하다. 한 팬의 프로포즈를 위한 소설 청탁으로 집필한 『당신을 기다리고 있어』(2015)는 이어지는 이야기 두 편과 함께 '스텔라 오디세이 트릴로지'로 확장되었고, 『저 이승의 선지자』와 더불어 한국 SF 작가 최초로 미국 하퍼콜린스 출판사에 판권을 수출했다. 「종의 기원」 「진화 신화」 등을 수록한 단편집 『On the Origin of Species and other stories』(Kaya Press, 2021)도 출간되었다. 이 책은 같은 해 미국 최고 권위의 문학상으로 불리는 전미도서상(National Book Awards) 번역서 부문 후보에 올랐다. 같은 해 『Whale Snows Down』으로 로제타상 후보에도 올랐다. 『천국보다 성스러운』 『저 이승의 선지자』 『역병의 바다』, 연작소설 『종의 기원담』, 단편집 『얼마나 닮았는가』 『다섯 번째 감각』, 여러 작가와의 공동작품집 다수가 있으며, 다양한 매체에 작품을 발표하고 있다.

그림 김홍림

일러스트레이터. 연세대학교에서 건축학을 전공하고 건축설계
사무소에서 디자이너로 일했다. 오랫동안 마음에 품어 왔던 꿈
을 현실로 만들어야겠다고 다짐했을 때, 아크(AC)에서 일러스
트레이션을 공부하며 다시 그림을 그리기 시작했다. 2023년 방
콕일러스트레이션페어 초청작가 및 2021년, 2019년 서울일러
스트레이션페어 주제관 전시작가로 참여했다. 2023년, 2019년
American Illustration 선정 우승자이며, 2019년 3x3 International
Illustration Awards(Student Illustration)에서 은상을 수상했다. 보
이지 않는 생각과 마음을 글, 그림, 오브제를 통해 표현하고 전
달하는 작업을 하고 있다. 마음을 담아 쓰고 그리고 만드는 것
들이 당신의 마음을 움직였으면 좋겠다.

진화 신화

김보영 소설
김홍림 그림

2022년 3월 15일 초판 1쇄 펴냄
2024년 5월 7일 초판 2쇄 펴냄

펴낸이	최지영
펴낸곳	에디토리얼
등록	제2024-000007호(2018년 2월 7일)
주소	서울시 도봉구 마들로11길 65, 503-5호
투고·문의	editorial@editorialbooks.com
전화	02-996-9430 **팩스** 0303-3447-9430
홈페이지	www.editorialbooks.com
인스타그램	@editorial.books
교열 김은경 **디자인** 즐거운생활 **제작** 세걸음	

ISBN 979-11-90254-16-8 04800
ISBN 979-11-90254-09-0(세트)

마로 시리즈 *Maro Series* **06**